I0686636

# HESIONE,

## *TRAGEDIE*

### REPRESENTE'E

## PAR L'ACADEMIE ROYALE

### DE MUSIQUE,

Le vingt-uniéme jour de Decembre 1700.

## A PARIS,

Chez CHRISTOPHE BALLARD, seul Imprimeur
du Roy pour la Musique, ruë Saint Jean
de Beauvais, au Mont-Parnasse.

---

## M. DCC.

# PERSONNAGES
## DU PROLOGUE.

LA PRETRESSE DU SOLEIL, *qui celebre les Jeux Seculaires.* Mademoiselle Maupin.

LE SOLEI.          Monsieur Hardouin.
UN LIDIEN.         Monsieur Piton.

*Chœurs de Lidiens & de Lidiennes.*

---

*Noms des Actrices & des Acteurs chantans dans tous les Chœurs du Prologue & de la Tragedie.*

SECOND RANG.          PREMIER RANG.

### MESDEMOISELLES

| SECOND RANG | PREMIER RANG |
|---|---|
| Cenet. | Desmâtins la cadette. |
| L'Alleman. | Heusé. |
| Du Val. | Loignon. |
| Du Peray. | Gherardy. |

### MESSIEURS

| SECOND RANG | PREMIER RANG |
|---|---|
| Du Mont. | Granvaux. |
| Paris. | Cadot. |
| Le Jeune. | Jolain. |
| Prunier. | Labé. |
| Pilon. | Fournier. |
| Frere. | Brunet. |
| Gaudechot. | Mantienne. |
| Courteil. | Le Brun. |
| Buhot. | Arnaud. |
| Renard. | Joanno. |
| Moreau. | Des Voix. |
| Heuqueville. | Thomas. |
| Dormet. | La Coste. |

# DIVERTISSEMENT
## du Prologue.
### SALIENS.

Messieurs Bouteville , Germain, Dumoulin l'aîné ,
& Dumoulin cadet.

### LIDIENNES.

Mademoiselle Du Fort.

Mesdemoiselles Dangeville , Victoire Freville , le Maire,
Desmâtins , & Ruelle.

Le petit Du-Ruel , & la petite Provost.

# PROLOGUE.

## *LES JEUX SECULAIRES.*

Le Theatre Represente les Amphitheatres de l'ancienne Rome, où l'on avoit coutume de celebrer en l'honneur du Soleil des Jeux, au commencement de chaque Siécle. La Scene se passe au commencement du jour.

# SCENE PREMIERE.

## LA PRESTRESSE DU SOLEIL,
### Chœurs Romains, de Saliens, de Lidiens & Lidiennes.

### LA PRESTRESSE.

*L*E *Dieu qui repand la lumiere,*
*Va d'un Siécle nouveau commencer la carriere*
*Peuples, par de celebres Jeux*
*Venez rendre le Ciel favorable à vos Vœux.*

*Le Theatre paroît éclairé*

# PROLOGUE.

*Que vois-je ! que d'heureux presages !*
*Jamais tant de clarté ne brilla dans les Cieux !*
*Malgre l'Hyver Flore sur nos rivages*
*Prodigue ses dons precieux !*
*Les Oyseaux dans nos champs par de tendres ramages*
*De l'Astre qui nous luit, celebrent le retour :*
*L'Onde reprend son doux murmure ;*
*Et l'on diroit que toute la nature*
*Renaît avec un si beau jour.*

## CHOEURS.

*Tout rit à nos desirs, tout flatte nôtre attente,*
*Chantons, animons nos chansons,*
*Ce beau jour dont nous joüissons,*
*Est de mille beaux jours une source éclatante.*

Les Saliens & les Lidiennes commencent les Jeux.

## LA PRESTRESSE.

*Pere des saisons & des jours,*
*Fais naître en ces climats un Siécle memorable,*
*Puisse à ses ennemis ce Peuple redoutable*
*Estre à jamais heureux, & triompher toûjours.*

*Nous avons à nos Loix asservy la Victoire ;*
*Aussi loin que tes feux nous portons nôtre gloire,*
*Fais dans tout l'Univers craindre nôtre pouvoir ;*
*Toy qui vois tout ce qui respire,*
*Soleil, puisses-tu ne rien voir*
*De si puissant que cette Empire.*

# PROLOGUE.

Que la gloire & les plaisirs
Pour nous s'unissent,
Qu'ils remplissent
Tous nos desirs :
Que la gloire & les plaisirs
Pour nous s'unissent.

## GRAND CHŒUR.

Que toûjours sous les Loix de Mars
A suivre nos Guerriers la gloire soit constante :

## PETIT CHŒUR.

Que toûjours dans nos Champs la Moisson abondante
Comble nos vœux, & charme nos regards :

## GRAND CHŒUR.

Que toûjours devant nous la terreur, l'épouvante
Renverse, brise ces Remparts :

## PETIT CHŒUR.

Que des ris & des jeux une Troupe charmante
Que les Amours volent de toutes parts.

## TOUS LES CHŒURS.

Rendons-nous toûjours redoutables,
Vivons toûjours contents,
Que nos exploits soient éclatants,
Et nos plaisirs durables.

Les Jeux continuent.

## UN LIDIEN.

Quand tout est calme sur la Terre,
Les Amours s'arment de leurs traits ;
Ces doux Vainqueurs ne font la guerre
Que dans l'heureux temps de la Paix.

# PROLOGUE.

Que rien ne trouble plus les charmes
Que nous promettent les beaux jours :
Et si l'on forge encor des Armes
Que ce soit celles des Amours.

## UNE PRESTRESSE.

Que l'on aime en ce nouvel âge
Comme on aimoit aux premiers temps ;
Q e l'Amour ne soit plus volage ,
Qu'il rende tous les cœurs contents ;
Qu'une secrette indifference
N'emprunte jamais l'aparence
D'une vive & sincere ardeur ;
Que toûjours la bouche & le cœur
Puissent être d'intelligence.

Que l'Amour qui devient heureux
En devienne encor plus fidelle ,
Que toûjours dans les mêmes nœuds
Il trouve une douceur nouvelle ,
Que les soupirs & les langueurs
Puissent seuls flechir les rigueurs
De la beauté la plus severe ;
Que l'Amant comblé de faveurs
Scache les goûter , & les taire.

# PROLOGUE.

## LA PRESTRESSE, les Chœurs.

*Le Soleil dans ces lieux s'avance :*
*Par nos Vœux, par nos chants honnorons sa presence.*

# SCENE SECONDE.

## LE SOLEIL LA PRESTRESSE.
### Les Chœurs.

### LE SOLEIL.

PEuples, vous êtes trop heureux,
*Le fort peut-il jamais vous devenir contraire ?*
*Cessez de former tant de Vœux,*
*Vous n'en avez qu'un seul à faire.*

*Vous vivez, sous les Loix d'un Heros glorieux,*
*Aimé, craint des mortels, favorisé des Dieux ;*
*Vôtre repos fait son unique envie,*
*Qu'un même soin vous anime aujourd'huy ;*
*Vôtre bonheur dépend d'une si belle vie,*
*Ne faites des Vœux que pour luy.*

### LE SOLEIL, les Chœurs.

*Il fait le destin de la Terre,*
*Qu'il vive, qu'il regne à jamais,*
*Qu'il soit l'Arbitre de la Guerre,*
*Qu'il soit l'Arbitre de la Paix.*

### Fin du Prologue.

# ACTEURS

## DE LA TRAGEDIE.

 LAOMEDON, *Roy de Troye.* M<sup>r</sup> Hardoüin.

HESIONE, *fille de Laomedon.* M<sup>lle</sup> Moreau.

VENUS. Mademoiselle Defmârins.

ANCHISE, *Prince Troyen, Amant d'Hefione, & aimé de Venus.* Monfieur Thevenard.

TELAMON, *Roy de Salamine, Amant d'Hefione.* Monfieur Choplet.

CLEON, *Prince Grec, aimé de Telamon.* Monfieur Dun.

NEPTUNE. Monfieur Dun.

MERCURE. Monfieur Piton.

UNE PRETRESSE DE FLORE. Mademoifelle Maupin.

*Chœurs de Sacrificateurs & de Preftreffes.*

UN PLAISIR. Monfieur Boutelou.

UNE GRACE. Mademoifelle Heufé.

*Chœurs de Plaifirs & de Graces.*

*Une Ombre fortunée des Champs Elifées.* M<sup>r</sup> Marchand.

*Chœurs d'Ombres fortunées d'Amants & d'Amantes.*

*Chœurs de Nymphes de Proferpine.*

*Chœurs de Dieux Marins.*

*Chœurs de Songes fous la figure de Romains.*

UNE ROMAINE. Mademoifelle Heufé.

# DIVERTISSEMENTS
## de la Tragedie.

### PREMIER ACTE.

*Troyens.*

Monſieur Dumirail.

Meſſieurs Dumoulin l'aîné , Barazé Blondy, Ferrand,
Fauveau & Courcelles

*Preſtreſſes de Junon.*

Mademoiſelle Subligny.

Meſdemoiſelles Roſe , le Maire, Freville , Chapelle,
Deſmâtins & le Brun.

### DEUXIE'ME ACTE.

*Plaiſirs.*

Monſieur Pecourt.

Meſſieurs Dumirail , Bouteville , & Dumoulin cadet.

*Jeux.*

Meſſieurs Germain, & Dumoulin l'aîné.

*Les trois Graces.*

Meſdemoiſelles, Deſplaces, Dangeville & Victoire.

*Deux Amours.*

Meſſieurs Dupré & Guillet.

*Zephirs.*

Meſſieurs Du-Ruel, Batiſtin, Laſelle & le Comte.

# TROISIE'ME ACTE.
## Ombres des Heros.

Monsieur Balon.

Messieurs Germain, Bouteville, Dumoulin l'aîné, Dumoulin cadet, Blondy & Ferrand.

Mesdemoiselles Subligny, Dufort, Desplaces, Victoire, Dangeville & Rose.

# QUATRIE'ME ACTE.
## Vents Souterrains.

Monsieur Blondy.

Messieurs Fauveau, Courcelles, la Pierre & Javilliers.

### Vents de l'Air.
Monsieur Dumoulin cadet.

Messieurs Du-Ruel, Batistin, le Comte, Laselle.

# CINQUIE'ME ACTE.
## Romains.
Monsieur de Lestang.

Messieurs Dumirail, Germain, Bouteville, Dumoulin cadet, Barrazé & Dumoulin l'aîné.

## Romaines.
Mesdemoiselles Desplaces, Dangeville, Victoire, Rose, Freville & le Maire.

## Sarmates.
Messieurs Blondy, Ferrand, Barrazé, Dumoulin, l'aîné la Pierre & Javilliers.

# HESIONE,
## *TRAGEDIE.*

## ACTE PREMIER,

Le Theatre Represente un Temple que l'on doit
consacrer aux Dieux.

## SCENE PREMIERE.

### TELAMON, CLEON.

#### TELAMON.

 Atons-nous, partons de ces lieux;
Tout y redouble ma tristesse;
Ce Temple qu'aujourd'huy le Roy consa-
cre aux Dieux,
Verra demain l'Hymen de la Princesse.

A

# HESIONE,
## CLEON.

Laomedon, Seigneur, a trompé vôtre espoir,
  Le choix qu'il a fait vous outrage ;
A-t'il donc oublié que par vôtre courage
Vous avez soûtenu sa gloire & son pouvoir ?
Sans Alcide & sans vous ce magnifique ouvrage,
  Ces murs par Neptune élevez,
De ses Voisins jaloux alloient sentir la rage :
  Vôtre bras les a conservez.

## TELAMON.

  Ce n'est point le Roy qui m'offense :
De mon heureux Rival Hesione a fait choix ;
Anchise en est aimé, je perds toute esperance,
Et l'Ingrate m'a vû pour la derniere fois.

## CLEON.

Dieux ! quel prix de vôtre constance !

## TELAMON.

D'Alcide sur ces bords j'accompagnois les pas ;
  J'allois dans les combats
Chercher d'un nom fameux l'éternelle memoire ;
Retenu dans ces lieux par un charme fatal
J'ay refusé l'éclat que m'offroit la Victoire :
  Ah ! que l'Amour me recompense mal
  D'avoir quitté pour luy la Gloire !

# TRAGEDIE.

## CLEON.

*Arrachez-vous à ce séjour.*

*Le plus grand cœur peut sans foiblesse*
*Une fois céder à l'Amour;*
*Mais il faut que la Gloire en soit enfin maîtresse,*
*Et qu'elle triomphe à son tour.*

## TELAMON, CLEON.

*Allons, allons, c'est trop attendre,*
*On ne peut à l'Amour assez-tôt resister:*
*Plus on differe à s'en deffendre,*
*Et moins on peut le surmonter.*

On entend une agreable Symphonie, & Venus
descend du Ciel sur un Char environné
d'Amours & de Zephirs.

## TELAMON, CLEON.

*Ah! quels charmans concerts! quelle clarté nouvelle*
*Brille de toutes parts!*
*Quelle est cette Immortelle,*
*Qui vient s'offrir à nos regards.*

# SCENE SECONDE.

## VENUS, TELAMON, CLEON.

### VENUS.

ARrête, Telamon, je veux finir ta peine :
   Tu vois la mere des Amours ;
   Tu sçauras quel dessein m'ameine,
   Espere tout de mon secours.

### TELAMON.

Mon trop heureux Rival épouse ce que j'ayme,
   Déesse, que puis-je esperer ?

### VENUS.

Malgré leur foy promise & leur amour extrême,
   J'entreprens de les separer.

   Pour mieux te satisfaire,
   Je vais demeurer en ces lieux :
         Aux Zephirs qui ont suivy son Char.
Partez, volez, Zephirs, empressez à me plaire,
Allez à mon secours appeller tous les Dieux.
         Les Zephirs s'envolent.

### TELAMON.

Ciel ! puis-je me flatter d'un sort si glorieux !

### VENUS.

Attens dans ce séjour l'effet de ma puissance :
   Aime, soûpire avec constance,
   Tu verras finir tes tourmens ;
Il n'est point pour l'Amour une plus grande offense,
   Que le desespoir des Amans.

## SCENE TROISIE'ME.

### TELAMON , CLEON.

#### TELAMON.

*VEnus fur mon Rival me promet la victoire !*
*Venus me favorife ! ô Ciel ! le puis-je croire ?*

 *Doux charme des cœurs amoureux,*
 *Efpoir , revenez dans mon ame,*
*Prevenez les plaifirs qu'on promet à ma flâme,*
 *Commencez à me rendre heureux :*
 *Doux charme des cœurs amoureux,*
 *Efpoir , revenez dans mon ame.*

#### CLEON.

*Hefione , Seigneur , fuit le Roy dans ces lieux,*
 *Vôtre Rival eft avec elle.*

#### TELAMON.

 *Cachons-nous à leurs yeux,*
*Epargnons-nous une douleur nouvelle.*

## SCENE QUATRIE'ME.

**LE ROY, HESIONE, ANCHISE,**
Suite du Roy.

### LE ROY.

*LE Dieu des Mers n'eſt plus irrité contre nous,*
*Pour ces fameux remparts nous n'avons plus à*
   *craindre,*
*En luy manquant de foy j'allumay ſon couroux,*
   *Mes reſpects viennent de l'éteindre.*
*Il ne nous reſte plus qu'à celebrer des Jeux,*
*Et qu'à faire en ce Temple un premier Sacrifice,*
*Ma fille, à ton Hymen rendons le Ciel propice,*
   *Uniſſons nos voix & nos vœux.*

**LE ROY, HESIONE, ANCHISE.**
   *Uniſſons nos voix & nos vœux.*

### ANCHISE.

*Princeſſe, un doux Hymen flâte mon eſperance:*
*Que mon cœur eſt content, & qu'il eſt amoureux !*

### HESIONE.

   *Le peuple dans ces lieux s'avance,*
   *Uniſſons nos voix & nos vœux.*

**HESIONE, ANCHISE, LE ROY.**
   *Uniſſons nos voix & nos vœux.*

## SCENE CINQUIE'ME.

### LE ROY, HESIONE, ANCHISE,
Suite du Roy, Troupe de Sacrificateurs & de
Prêtreſſes qui viennent conſacrer le Temple.

#### LE ROY.

QUe chacun de vous me ſeconde ;
Les Roys ſont les ſujets des Dieux :
C'eſt en obéïſſant aux Cieux,
Qu'ils doivent commander au monde.

#### LE ROY, Chœur de Sacrificateurs & de Prêtreſſes.

Rendons hommage aux Immortels,
Qu'à nos voix, qu'à nos chants dans ces lieux tout
réponde,
Que tous les Dieux du Ciel, de la Terre & de l'Onde
Y puiſſent trouver des Autels.

#### CHOEUR DE PRETRESSES.

Dans ces lieux pleins de charmes
Les Dieux deſcendent tous,
L'Amour ſeul a des armes,
Nous en aimons les coups.

#### Chœur de Sacrificateurs.

Jupiter ſans Tonnerre
Reçoit icy nos vœux,
Et le Dieu de la Guerre
N'y vient qu'avec les Jeux.

# HESIONE,

## CHOEUR DE PRETRESSES.

*Dans ces lieux pleins de charmes,*
*Les Dieux defcendent tous,*
*L'Amour feul a des armes,*
*Nous en aimons les coups.*

## CHOEUR DE SACRIFICATEURS.

*Pour marcher fur les traces*
*Du Dieu qui fait aimer,*
*Bellone par les Graces*
*Se laiffe defarmer.*

## CHOEUR DE PRETRESSES

*Dans ces lieux pleins de charmes*
*Les Dieux defcendent tous,*
*L'Amour feul a des armes,*
*Nous en aimons les coups.*

## LE ROY.

*Déeffes, Dieux du Ciel, recevez nôtre hommage ;*
*Qu'Appollon avec vous favorife ces lieux,*
*Neptune, oubliez un outrage*
*Qui pour vous contre moy fouleva tous les Dieux,*
*Venez contre la rage*
*De cent peuples jaloux*
*Deffendre vôtre ouvrage ;*
*Venez, protegez-nous.*

HESIONE,

HESIONE, une Prêtresse de Flore ; Chœur
des Suivantes de Flore.

*Qu'icy chacun chante*
*L'aimable Printemps,*
*Tout plait, tout enchante,*
*Tout pare nos champs,*
*La Terre est riante,*
*Profitons du temps.*

*Flore fait éclore*
*Mille & mille fleurs,*
*L'Amour fait encore*
*Naître plus d'ardeurs.*

*Heureux un cœur tendre*
*Qu'il veut enflâmer !*
*Gardons-nous d'attendre,*
*Hatons-nous d'aimer.*

*Les roses nouvelles,*
*Pour paroître belles,*
*N'ont dans leur Printemps*
*Que quelques instants,*
*Pour plaire comme elles*
*L'Amour n'a qu'un temps.*

## LE ROY.

*Offrons aux Dieux ce Temple, il est temps qu'on*
*commence,*
*Que chacun avec moy s'avance.*

Dans le temps qu'ils veulent entrer dans le Temple, il paroît tout en feu, la Terre tremble, & le Tonnerre se fait entendre.

### CHOEURS.

*Ah ! quel bruit ! quel fracas ! ah ! quel desordre affreux !*
*Quels tremblemens ! quels deluges de feux !*
*Dieu des Mers, est-ce encor l'effet de ta vengeance ?*

### LE ROY.

*Dieux, nous punissez-vous, quand nous nous soû-*
*mettons ?*
*Le bruit cesse... qui peut calmer sa violence ?*
*Le Ciel veut s'expliquer... que l'on fasse silence ...*
*Ecoûtons, écoûtons.*

### Une Voix que l'on entend.

*Au pied du Mont-Ida qu'Anchise vienne apprendre*
*Des volontez du Ciel ce que l'on doit attendre.*

### LE ROY.

*Nôtre sort va se declarer,*
*Allons voir s'il faut craindre, ou s'il faut esperer.*

Fin du premier Acte.

# ACTE SECOND.

Le Theatre Represente un Desert au pied du
Mont-Ida, on y voit des Precipices & des
Torrens qui tombent du sommet,

## SCENE PREMIERE.

### HESIONE, ANCHISE.

#### HESIONE.

H Ciel! que venons-nous d'entendre?
Un Oracle nouveau que je ne puis com-
prendre,
Veut qu'on vous laisse seul sans deffense
en ces lieux ;
Quel est donc le dessein des Dieux?
Que pretendent-ils? Non, en vain leur voix l'ordonne,
Vous ne serez point seul en ces lieux pleins d'horreur,
Un noir pressentiment épouvante mon cœur,
Et l'Amour ne veut pas que je vous abandonne.

# HESIONE,

## ANCHISE.

Les Dieux me vont icy declarer nos deſtins,
 Soûmettons-nous à leur pouvoir ſuprême :
Laiſſez-moy ſeul : ſuivons leurs ordres ſouverains,
 Que craignez-vous ?

## HESIONE.

    Ce que je crains !
 Ignorez-vous que je vous aime ?
Je crains pour vous, je crains de perdre vôtre cœur,
 Sans ceſſe je fremis, je tremble,
Je ne puis penetrer quel ſera mon malheur ;
Mais je ſens que je crains tous les malheurs enſemble.

 Tout nous flattoit de l'Hymen le plus doux !

## ANCHISE.

Quelque ſoit le Deſtin où l'Oracle me livre,
 Les Dieux même en ſeront jaloux :
 Ah ! ſi pour vous je ne puis vivre,
 Du moins je puis mourir pour vous.

## HESIONE.

Tout m'allarme & m'inſpire une affreuſe triſteſſe,
Ma crainte en ce moment égale ma tendreſſe.

## HESIONE, ANCHISE.

Helas ! de nôtre ſort quel doit être le cours ?
 O Dieux ! troublerez-vous ſans ceſſe
Les plus beaux feux, les plus tendres amours !

## SCENE SECONDE.

### LE ROY, HESIONE, ANCHISE.

### LE ROY.

*AU bonheur des Troyens ne mettons plus d'obstacle ;*
*Ma fille, pour sçavoir la volonté des Dieux,*
*Il faut obéir à l'Oracle ;*
*Laissons ce Heros dans ces lieux.*

*Mais que vois-je! des pleurs s'échappent de vos yeux...*

### ANCHISE à HESIONE.

*N'augmentez point ma douleur par la vôtre,*
*Belle Princesse, allez, tout doit nous rassûrer ;*
*Le Ciel auroit-il fait nos deux cœurs l'un pour l'autre,*
*S'il eût voulu les separer.*

## SCENE TROISIEME.

L'horreur des Deferts s'augmente, on entend une
Symphonie qui a quelque chofe d'affreux.

### ANCHISE feul.

DE ma Princeffe, helas ! j'ay calmé les allarmes ;
    Mais qui pourra calmer les troubles de mon
cœur ?
Aimable & cher objet qui caufez ma langueur,
Pour la derniere fois n'ay-je point vû vos charmes ?

J'ay cent fois éprouvé vôtre injufte rigueur,
     Dieux, dont la voix icy m'appelle,
      Une chaîne fi belle
Pourroit à vôtre fort égaler mon bonheur ;
En êtes-vous jaloux ? ah ! mortelle frayeur ! . . .

Deferts, où regne une horreur éternelle,
     Rochers, Torrens impetueux,
Precipices ouverts aux Amans malheureux,
Preparez-moy plûtôt la mort la plus cruelle.

   L'Hymen alloit combler mes vœux,
   Ah ! quel fupplice extrême,
   De perdre ce qu'on aime,
   Au moment qu'on croit être heureux !

*Deserts, où regne une horreur éternelle ;*
     *Rochers, Torrens impetueux,*
*Precipices ouverts aux Amants malheureux,*
*Preparez-moy plûtôt la mort la plus cruelle.*
On entend une Symphonie vive & agreable.

     *Quel changement ! que vois-je ! ô Dieux !*
*Quel spectacle éclattant se presente à mes yeux ?*

# SCENE QUATRIE'ME.

Le Theatre change & represente des Jardins agréables, Venus y paroît sur un Trône de fleurs au milieu des Plaisirs, des Graces, des Ris & des Jeux, & l'Amour assis au pied du Trône, où elle est placée.

**VENUS, ANCHISE,** suite de Venus.

### VENUS.

*Graces, Amours, qui cherchez à me plaire,*
     *Venez de toutes parts,*
     *Vôtre secours m'est necessaire ;*
*Charmez de ce mortel le cœur & les regards ;*
     *Chantez sous ces naissans feüillages,*
     *Formez les plus tendres accords,*
     *Que les Oyseaux par leurs ramages,*
*Que les Echos secondent vos efforts.*

### Chœur d'Amours & de Graces.

*Chantons sous ces naissans feüillages,*
*Formons les plus tendres accords,*
*Que les Oyseaux par leurs ramages,*
*Que les Echos secondent nos efforts.*

## UN PLAISIR.

*Avec les Jeux, les Ris & la Jeunesse*
*Dans ce séjour*
*Venus conduit sa Cour:*
*Que ses regards inspirent de tendresse !*
*Que pour la voir, à l'envi tout s'empresse,*
*Goûtez, goutez, dans ces beaux lieux*
*Une douceur qu'elle dérobe aux Dieux.*

## UNE GRACE.

*A l'Amour tout doit rendre les armes,*
*Paisibles Cœurs, cedez à ses attraits,*
*Venez tous éprouver ses allarmes,*
*Ne craignez point le pouvoir de ses traits,*
*Ils ont plus de charmes,*
*Que vôtre paix.*
*Pourquoy fuïr quand ce Dieu se presente ?*
*Vôtre bonheur doit-il vous allarmer ?*
*Il dépend du plaisir d'aimer ;*

*Les*

*Les langueurs, les soûpirs, tout enchante*
*Les tendres Amans,*
*Leur ame est contente*
*Dans les tourmens ;*
*La froide sagesse*
*D'un cœur sans tendresse,*
*N'a point à pretendre de doux momens.*
VENUS à sa suite.
*C'en est assez : allez, que l'on nous laisse.*
Les Plaisirs se retirent.

# SCENE CINQUIEME.
## VENUS, ANCHISE.
### VENUS.

*JE ne veux plus te cacher ton bonheur,*
*De Venus dans ces soins reconnois la tendresse,*
*Elle oublie aujourd'huy sa suprême Grandeur,*
*Ce n'est que comme Amante, & non comme Déesse,*
*Qu'elle vient demander ton cœur.*

### ANCHISE.

*O Ciel !*

### VENUS.

*Tu peux juger de mon amour extrême,*
*J'abandonne pour toy le celeste séjour,*
*Eh ! qui pourroit sçavoir comme il faut que l'on aime,*
*Si ce n'est la mere d'Amour !*

C

ANCHISE.

Helas ! pourquoy m'offrez-vous tant de gloire ?
Déeſſe, vous ſçavez ſi je puis l'accepter.

VENUS.

D'un autre objet tu gardes la memoire,
Et pour aimer Venus tu n'oſes le quitter !

ANCHISE.

D'une ardeur nouvelle
Ne cherchez point à m'enflâmer,
Venus voudroit-elle aimer
Un cœur qui ſeroit infidelle ?

VENUS.

On peut être inconſtant pour faire un plus beau choix.

ANCHISE.

Il n'eſt permis qu'aux Dieux de vivre ſous vos loix ;
Mille cœurs enchantez d'un ſi bel eſclavage,
Feroient de vous aimer leur bonheur le plus doux ;
Mais pour vous rendre un digne hommage,
Il faut un cœur qui n'ait aimé que vous.

VENUS.

Mon cœur s'eſt donc flatté d'une eſperance vaine ?
Eh bien : ſuivez l'ardeur qui vous entraîne :

Je fais mon bonheur de vous voir,
Mais je vous aime trop pour vouloir vous contraindre,
Connoiſſez mon amour, ignorez mon pouvoir ;
Venus ſe fait aimer, & ne ſe fait point craindre.

Vous voulez me quitter ! . vous contez chaque inſtant ! ..

### ANCHISE.

*A vos regards tout doit rendre les armes,*
*Si je n'adore pas leur pouvoir éclatant,*
*Je sens du moins qu'un cœur qui veut être constant,*
*Doit craindre de voir tant de charmes.*

Anchise s'en va.

### VENUS à L'AMOUR.

*Vole, suis cet Amant, vole aprés luy, mon fils,*
*Puisqu'à tes loix tu m'as soûmise,*
*Va sçavoir du Destin quel espoir m'est permis,*
*Et retiens dans ces bois l'ingrat qui me méprise.*

L'Amour s'envole.

## SCENE SIXIEME
### VENUS seule.

*IL me méprise ! ô vous qui tant de fois*
*Fûtes les Témoins de ma gloire,*
*Vous voyez un mortel échapper à mes loix*
*Dieux ! pourrez-vous le croire ?*
*Pourray-je le souffrir ?...Non, courons, vengeons-nous,*
*Je me suis trop long-temps contrainte en sa presence,*
*Eclatez, mon juste courroux :*
*Qui peut retenir ma vengeance ?*
*Je suis Déesse, j'aime & mon cœur est jaloux !*
*Perdons le cruel qui m'offense,*
*Hâtons-nous de nous l'immoler,*
*Allons... que fais-je ?..où veux-je aller ?..*

C ij

Je suis Déesse, helas! en suis-je moins sensible?
Ah! tout cruel qu'il est, il possede mon cœur;
Non, qu'il vive, & qu'il m'aime enfin, s'il est possible,
Que ma seule Rivale éprouve ma fureur;

    Pour rendre son supplice extrême,
       Rendons son cœur jaloux;
     Je le sens trop bien par moy-même,
Ce sera luy porter les plus funestes coups.


### Fin du second Acte.

# ACTE TROISIEME.

Le Theatre Represente une Colonade & le Palais
de Laomedon en perspective.

## SCENE PREMIERE.

### HESIONE seule.

Ciel ! il me trahit ! ô Ciel ! est-il possible ?
Qu'ay-je donc fait ? helas ! je l'ay trop tôt aimé ;
Pour éteindre les feux dont il parut charmé,
Il attendoit, l'Ingrat ! que j'y fusse sensible.

Tu romps un si charmant lien,
Perfide, tu me fuis ! tu méprises mes larmes !
Ah ! si Venus a plus de charmes,
Venus a-t'elle un cœur comme le mien ?

Mon cœur long-temps charmé de son indifference,
Pour toy seul de l'Amour a senti la puissance,
Et mille objets ont enflâmé le sien...

## HESIONE;

O Déeſſe! ô Venus! pour moy trop redoutable ;
Et toûjours à mes yeux trop belle & trop aimable ;
Pardonne à mes malheurs mes tranſports offençants ,
Amante infortunée en perdant un volage,
  De ma raiſon & de mes ſens
  J'ay perdu l'empire & l'uſage.

# SCENE SECONDE.
## TELAMON, HESIONE.

### TELAMON.

VOus détournez vos regards inquiets....
Vous cherchez à fuïr ma preſence !
  Ah ! ne fuyez plus deſormais
  Qu'un perfide qui vous offenſe.
### HESIONE.

Helas !

### TELAMON.

  Vous vois-je enfin plus ſenſible à mes feux ?
### HESIONE.

Je vous plains.

### TELAMON.

    Eſt-ce ainſi que vous flatez ma peine ?
Vous me plaignez ! c'eſt me dire, inhumaine,
    Que je ſuis toûjours malheureux :
Juſte Ciel ! d'un ingrat les mépris , l'inconſtance
Ne peuvent de vos feux vaincre la violence ?

Ce n'est plus un secret, Venus l'a sçû charmer ;
Quand Venus le declare, en doutez-vous encore ?
Méprisez qui vous fuit & commencez d'aimer
Un cœur constant qui vous adore.

### HESIONE.

Ah ! que mon cœur va payer cherement
Les premieres douceurs qu'il goûtoit en aimant !

L'ingrat que j'ayme, helas ! vient d'éteindre sa flâme ;
Tout me parle en ces lieux de mon bonheur passé ;
Sur ces arbres encor son amour est tracé,
Tandis que de son ame
Il est pour jamais effacé :

Paisibles Bois, & vous claires Fontaines
Qui murmurez dans ces Valons charmans,
Témoins de nos amours, témoins de ses sermens
Vous le serez de mes cruelles peines.

Ah ! que mon cœur va payer cherement
Les premieres douceurs qu'il goûtoit en aimant !

### TELAMON.

Quoy ! n'osez-vous punir son inconstance ?
Ah ! finissez pour moy vôtre injuste rigueur :
Servez-vous contre luy du secours de l'absence,
Dans les Climats soûmis à mon obéïssance
Venez couronner mon ardeur ;
Venez, belle Princesse,
Regnez dans le sein de la Grece,
Comme vous regnez dans mon cœur.

HESIONE à part.

Il adore Venus ! il me fuit l'infidelle !
J'aurois quitté pour luy le souverain des Dieux.

### TELAMON.

Vous m'outragez encor, cruelle,
Vôtre amour éclate à mes yeux ;

O Ciel ! quel injuste partage !
Sa gloire égale mon tourment :
Vous donnez vôtre haine au plus fidelle amant,
Et vôtre amour au plus volage.

### HESIONE.

Je m'égare, je céde à mes mortels ennuis,
Ne soyez plus témoin de ma foiblesse extrême ;
Dans le trouble où je suis
Que ne puis-je, grands Dieux ! me cacher à moy-même ?

# SCENE TROISIEME.

### TELAMON seul.

Elle me fuit ! tout trompe mes desirs !
O Venus, ta pitié me devient inhumaine,
Je devois par tes soins trouver mille plaisirs,
Tu ne fais qu'augmenter ma peine.

SCENE

# SCENE QUATRIEME.
## VENUS, TELAMON.
## VENUS.

*V Enus ne ceſſe point de proteger tes feux,*
    *Je vais combler ton eſperance,*
*Je vais pour ton bonheur ſignaler ma puiſſance.*
*Mon Empire s'étend juſqu'au bord tenebreux,*
*Par un enchantement je veux t'aider à plaire,*
*Proſerpine avec moy ſecondera tes vœux ;*
*Des Treſors de Pandore elle eſt dépoſitaire,*
*Je ne ſçaurois ſans elle achever ce mſtere,*
    *Demeure dans ces lieux, & voy*
    *Ce que je vais tenter pour toy.*

# SCENE CINQUIEME.
## VENUS, TELAMON.
Chœurs d'Ombres fortunées & de Nymphes
de Proſerpine, Troupes d'Amours.
## VENUS.

*T Endres Amours, Troupe charmante,*
    *Obéiſſez à mon commandement ;*
*Venez, venez répondre à mon attente,*
*Venez tous préſider à cet Enchantement.*

Les Amours ſe placent ſur les coſtez du Theatre.

D

*Et vous heureuses Ombres,*
*Amants, dont autrefois l'Amour combla les vœux,*
*Vous qui dans les Royaumes sombres*
*Aprés la mort encor brûlez des mêmes feux,*
*Reconnoissez la voix qui vous appelle,*
*Sortez du tenebreux sejour;*
*Ce doit être pour vous une douceur nouvelle*
*De servir la Mere d'Amour.*

**Les ombres fortunées des Amans sortent des champs Elisées.**

**Chœur d'Ombres d'Amans heureux.**

*Sortons du tenebreux sejour;*
*Ce doit être pour vous une douceur nouvelle,*
*De servir la Mere d'Amour.*

**V E N U S.**

*Reine des sombres Bords, ne me refuse pas*
*Le secours que j'implore.*
*Versons sur cet Amant les plus charmans appas,*
*Qu'il puisse plaire aux yeux de l'objet qu'il adore:*
*Reine des sombres bords, ne me refuse pas*
*Le secours que j'implore.*

**Les Triomphes de Proserpine paroissent.**

**Chœur d'Ombres fortunées & des Nimphes de Proserpine.**

*Venus, tout se soûmet aux charmes de tes yeux,*
*Quelle puissance est plus forte & plus grande?*
*L'Empire de la Mer, & la Terre & les Cieux,*
*L'Enfer même obéit, quand ta voix luy commande.*

Une Ombre fortunée.
Jusques dans le sombre séjour
On ressent les feux de l'Amour.
Son charmant flambeau nous éclaire :
Il est le seul qui peut nous plaire ,
Quand nous perdons celuy du jour.

## VENUS.

Aimable Vainqueur,
Cher tiran d'un cœur ,
Amour dont l'empire ,
Et le Martyre
Sont pleins de douceur ,
Joins à mes charmes.
L'effort de tes armes,
Hate mon bonheur :
Tu peux , quand tu veux,
Nous brûler dans l'onde ;
Le flambeau du monde
Brille de tes feux ;
Tu sçais charmer,
Tu sçais desarmer
Le Dieu de la Guerre ;
Le Dieu du Tonnerre
Se laisse enflâmer :
Dans les Enfers ,
Aux Cieux , sur la Terre ,
Tout porte tes fers.

### VENUS à Telamon.

Le charme eſt fait ; tu vas attendrir l'inhumaine,
   Mais les inſtans ſont precieux ;
Qu'elle parte avec toy, qu'elle quitte ces lieux,
De mes enchantemens la force ſera vaine,
    Si ton Rival s'offre à ſes yeux :

Tu parois interdit... quoy ! lorſque tu peux plaire,
  Lorſque tu peux jouir d'un ſort charmant...

### TELAMON.

Helas ! un tel bonheur doit-il me ſatisfaire,
Quand il faut l'obtenir par un enchantement?
Je ne dois employer que ma ſeule conſtance,
Quel charme eſt plus puiſſant pour triompher des cœurs?

### VENUS.

Sur un cœur prevenu les plus vives ardeurs
   Ont bien peu de puiſſance ;

Pour punir ton Rival, du moins en ce moment
Servons-nous du ſecours de cet enchantement.

L'Amour l'a retenu dans la Forêt prochaine,
Je vais le ramener, mais pour rendre ſa peine
    Egale à ton tourment :
  Faiſons luy voir Heſione infidelle
  Brûler pour toy d'une flâme nouvelle ;
Dans tes transports jaloux, vien goûter la douceur
De pouvoir d'un Rival traverſer le bonheur.

### Fin du Troiſiéme Acte.

# ACTE QUATRIE'ME.

Le Theatre Reprefente le Port de Sigée dans le
fond , d'un côté des Bois , & de l'autre
la Ville de Troye.

## SCENE PREMIERE.
### ANCHISE feul.

OU s'addreffent mes pas ? dans ces funeftes lieux
Quel fpectacle Venus vient d'offrir à mes yeux !
J'ay vû la perfide Hefione
Jurer à mon Rival d'éternelles amours !
Que font-ils devenus ?... ô Dieux ! par quels détours
Ont-ils fuy la fureur où mon cœur s'abandonne ?
Dans des Deferts affreux , je m'égare , je cours...
Hefione... en vain je l'appelle !
Elle aime mon Rival ! l'ingrate ! l'infidelle !
Elle a pû me trahir ! Ciel ! en ce même jour
Où j'ay quité pour elle
La Mere de l'Amour !

O rage ! ô defefpoir ! courons à la vengeance,
Puniffons, immolons un Rival odieux :
　　Que l'inhumaine qui m'offence
　　Le voye expirer à fes yeux.

Hefione paroît.

Mais elle vient, je tremble & mon couroux timide
　　Cede à de tendres mouvemens :
Juftes Dieux, deviez-vous, avec un cœur perfide,
　　Luy donner des yeux fi charmans ?

# SCENE SECONDE.

## HESIONE, ANCHISE

### ANCHISE.

MA prefence vous trouble, ah ! je le vois, cruelle,
　　Vous cherchez un autre que moy.

### HESIONE.

Je cherchois un Amant fidele,
Et je trouve un Ingrat qui me manque de foy.

### ANCHISE.

Perfide, pourfuivez, vous qui venez d'éteindre
　　Les plus aimables feux...
　　Mais, que fais-je ? pourquoy m'en plaindre,
Quand Venus à mon cœur prefente d'autres nœuds ?

# TRAGEDIE.

## HESIONE.

*Porte luy donc tes vœux.*

*Tout cede à ses appas, tout cede à sa puissance,*
*Mais long-temps dans tes fers crois-tu la retenir?*
*Va, je laisse à son inconstance,*
*Ingrat, le soin de te punir.*

## ANCHISE.

*Aprés tant de sermens d'une Amour éternelle,*

## HESIONE.

*Aprés tant de sermens de ne changer jamais,*

## ANCHISE.

*Vous brûlez d'une ardeur nouvelle!*

## HESIONE.

*Tu renonces, Parjure, à des nœuds si parfaits!*

## ANCHISE.

*Que n'est-il vray? du moins que ne le puis-je feindre?*
*Ah ! vous regnez trop dans mon cœur,*
*Je ne sçaurois plus me contraindre,*
*Mon trouble, mes regards trahissent ma langueur.*
*Mais quoy?.. vous gardez le silence....*
*Qu'entens-je... quel soupir vient de vous échaper?*

## HESIONE.

*Ah ! laisse-moy, Cruel, aprés ton inconstance*
*Que te sert-il de me tromper?*

# HESIONE.
## ANCHISE.

*Moy vous tromper ! eh-bien , barbare ,*
*Ma mort va vous prouver ma foy.*

Il tire son Epée.

## HESIONE en l'arrestant.

*Arreste , helas ! que fais-tu ? quel effroy ,*
*Quelle soudaine horreur de mon ame s'empare !*
*Pourquoy veux-tu mourir ?... vivez plutôt pour moy ,*
*Cher Prince : Quoy Venus ... quoy Venus elle-même*
*N'auroit pû... Mais , que dis-je ? elle a sceu vous*
    *charmer ,*
*Elle a trop de beautez , elle est Déesse , elle aime ,*
    *Que de raisons pour m'allarmer !*

## ANCHISE.

*Ah ! que n'a-t'elle encor quelque grace nouvelle ?*
*Mes mépris à vos yeux braveroient son couroux ,*
    *Plus j'aurois à quitter pour vous ,*
    *Plus votre gloire seroit belle :*
*Mais Telamon....*

## HESIONE.

    *O Dieux ! par quel enchantement*
*A-t'il pû me surprendre un regard favorable ?*
    *Helas ! en ce moment*
    *Quel souvenir m'accable !..*
*Mais ma raison revient, & je vois mon erreur :*
        *O Venus*

O *Venus, jalouse Déesse,*
*Qu'esperois-tu par cette adresse ?*
*Du crime de mes yeux j'ay deffendu mon cœur.*
*Par tes efforts mon feu s'augmente encore,*
*Prince, c'est-vous, c'est-vous seul que j'adore,*
*Aimons-nous.*

ANCHISE.

*Aimons-nous.*

TOUS DEUX.

*Nos amours de Venus causent la jalousie,*
*Rendons son cœur encor mille fois plus jaloux ;*
*Aimons-nous, aimons-nous ;*
*Quand sa fureur devroit nous arracher la vie,*
*Mourons en des liens si doux,*
*Aimons-nous, aimons-nous.*

SCENE TROISIEME.
VENUS, HESIONE, ANCHISE.

VENUS.

C'En est trop. La douceur fut toûjours mon partage.
*Mais en un seul moment l'Amour change les cœurs,*
*Je ne respire plus que la haine, & la rage ;*
*Vous allez l'un & l'autre éprouver mes fureurs.*

E

# HESIONE,

### HESIONE & ANCHISE.

*O Ciel ! fuyons sa violence.*

### VENUS.

*Vaine pitié, cedez à ma vengeance :*
*A punir les Troyens justement animé,*
*Neptune alloit causer un funeste ravage*
*D'affreux débordemens auroient détruit l'ouvrage*
*Que luy-même à formé ;*

*Pour sauver ce que j'aime*
*J'ay calmé sa fureur , j'ay retenu son bras ;*
*Mais c'en est trop , je veux moy-même*
*L'irriter contre des ingrats.*

*Dieu des Mers viens servir une haine fatale,*
*Fais sur ces bords regner l'horreur ;*
*Que ne ressens-tu ma fureur,*
*Pour mieux tourmenter ma Rivale.*

### On entend le bruit d'une tempeste.

*On repond à mes vœux!... Neptune me seconde...*
*J'entens avec plaisir ces affreux siflemens...*
*Les vents soulevent l'onde....*
*La Terre fremit.... le Ciel gronde...*
*Une soudaine horreur confond les Elemens.*

# SCENE QUATRIEME,

VENUS, NEPTUNE, BORE'E. Troupe
de vents, Troupe de Dieux Marins.

### NEPTUNE.

JE *viens à ta voix qui m'appelle,*
*Ma haine en ta faveur eût peine à se calmer,*
*Contre une Ville criminelle :*
*Qu'avec plaisir je vais la rallumer !*

*Que tout serve ici ma haine,*
*Que les flots innondent ces lieux,*
*Tirans des airs, vents furieux,*
*Sortez, brisez vôtre chaîne.*

### NEPTUNE, Chœur des Dieux Marins.

*Renversons ces Palais, détruisons ces Remparts :*
*Que le trouble, & l'horreur regnent de toutes parts.*

### VENUS & NEPTUNE.

VEN. $\lbrace$ *Amour laisse agir ma fureur,*
NEP. $\lbrace$ *Fureur viens regner dans mon cœur.*

*On nous méprise, on nous outrage,*
*Repandons dans ces lieux l'horreur,*

VEN. $\lbrace$
NEP. $\lbrace$ *Secourez ma* $\lbrace$ *jalouse* $\rbrace$ *rage.*
$\qquad\qquad\qquad\qquad$ *trop juste*

HESIONE.

NEPTUNE.

*Qu'un Monstre furieux sorte du sein des Eaux*
*Qu'il cause sur ces bords mille malheurs nouveaux.*

VENUS & NEPTUNE.

VEN. { *Amour laisse agir ma fureur,*
NEP. { *Fureur viens regner daus mon cœur,*

*On nous méprise, on nous outrage,*
*Repandons dans ces lieux l'horreur,*

VEN { *Secourez ma* { *jalouse* / *tropjuste* } *rage.*
NEP. {

NEPTUNE à Venus.

*Ce Monstre va servir ma haine & ta tendresse,*
*Telamon seul peut vaincre sa fureur:*
*Si le Roy veut enfin que le ravage cesse,*
*La main de la Princesse*
*Doit estre le prix du Vainqueur.*

Fin du quatriéme Acte.

# ACTE CINQUIEME.

Le Theatre Represente une Campagne ravagée par
le Monstre.

## SCENE PREMIERE.

### VENUS seule.

 *ES yeux, n'avez-vous plus de charmes ?*
*Ne pouvez-vous servir le penchant de mon*
*cœur ?*

*J'excite sur ces bords de mortelles allarmes,*
*De Neptune irrité j'allume la fureur :*
*Helas ! dois-je causer tant d'effroi, tant d'horreur ?*

*Mes yeux, faites briller vos charmes,*
*C'est à vous de servir le penchant de mon cœur.*

*Que dis-je ? mes appas sont d'inutiles Armes*
*Pour combatre l'ingrat qui cause ma langueur ;*
*Punissons le mépris qu'il fait de mon ardeur.*

*Mes yeux, vous n'avez plus de charmes,*
*Juste depit, servez les transports de mon cœur.*

## SCENE SECONDE.

### VENUS, ANCHISE.

ANCHISE un tronçon d'épée à la main.

*Quoi ! tout trompe mon esperance !*
*Quel pouvoir, quel charme secret*
*Rend le Monstre invincible aux traits que je lui lance?*
*Ils tombent à ses pieds sans force, & sans effet :*
*Confus, desesperé, j'irrite sa furie,*
*Il m'évite, il me fuit, il respecte ma vie...*

à Venus.

*Cruelle, dans l'état où vous m'avez reduit*
*La mort est mon unique envie,*
*Et pour comble d'horreur par tout la mort me fuit.*

### VENUS.

*C'est moi qui de tes jours embrasse la défense,*
*C'est pour mieux servir ma vangeance ;*
*En te laissant perir j'en perdrois tout le fruit.*
*Je veux que tes régards soient témoins de la gloire*
*De ton Rival heureux,*
*Il domptera le Monstre, & pour combler ses vœux*
*Hesione sera le prix de sa victoire.*

### ANCHISE.

*Barbare ! de quel coup m'osez-vous menacer !*

## VENUS.

Ingrat, à quel excez oses-tu m'offenser?

Ah ! je rougis de ma foiblesse,
Crains que Venus ne vange sa tendresse
Par un spectacle encor plus cruel à tes yeux.

## ANCHISE.

Je vous entends ! ô Ciel ! je vous entends... barbare,
Quel transport ! quel dessein afreux !
Mais ma mort previendra le destin rigoureux
Que vôtre fureur me prepare.

## VENUS.

Tu crains pour ma Rivale ; ah ! mon juste couroux
S'alume 'encor par tes allarmes.

## ANCHISE.

Briserez-vous des nœuds si doux ?
D'une innocente ardeur troublerez-vous les charmes ?
Ah ! si vous écoutez ce couroux éclatant,
Ne punissez du moins qu'un Amant deplorable ;
Hesione est-elle coupable,
Si j'ay pour elle un cœur trop tendre & trop constant !

Au nom du tendre amour qui nous doit la naissance...

## VENUS.

Ingrat en vain pour toy j'en ressens la puissance.

## ANCHISE.

Epargnez ce que j'aime & laissez-moy perir :

HESIONE,

VENUS.

*Ton amour, tes soupirs, tes discours, tout m'outrage.*

ANCHISE.

*Cruelle, faites-nous mourir,*
*Achevez vôtre ouvrage.*

ANCHISE, VENUS.

ANCH. ⌠ *Je ne puis toucher vôtre cœur :*
VEN. ⌡ *Mes feux ne touchent point ton cœur :*

⌠*Serez-vous* ⌠ *toûjours* ⌠*inflexible ?*
⌡*Seras-tu* ⌡ ⌡*insensible ?*

ANCH. ⌠ *Ah ! que vôtre amour est terrible !*
VEN. ⌡ *L'Amour qu'on outrage est terrible.*

*La haine a bien moins de fureur.*

ANCHISE.

*Les Dieux à cet excez portent-ils leur colere !*
*Mais le Roy vient : Que faut-il que j'espere ?*

SCENE

## SCENE TROISIEME.
### VENUS, ANCHISE, LE ROY.
#### ANCHISE.

*AH! Seigneur, quel sera le succez de mes feux?*

#### LE ROY.

*Je gemis comme vous d'un sort trop rigoureux,*
*Prince, il faut pour jamais oublier Hesione.*

#### ANCHISE.

*Qu'entends-je?*

#### LE ROY.

*Neptune l'ordonne,*
*Telamon est vainqueur, & ma fille est le prix*
*Qu'a reçû son courage.*

#### ANCHISE.

*Quelle fureur vient saisir mes esprits!*
*Dans le sang d'un Rival lavons un tel outrage.*

#### LE ROY.

*Ne tentez point d'inutiles efforts:*
*Ses Vaisseaux sont partis, ils sont loin de nos bords:*
*Le Ciel, la Mer, pour luy tout devient favorable.*

F

# HESIONE.

## ANCHISE.

*O Sort, es-tu content ? fuis-je affez, miferable ?*
*Elle eft partie, ô Ciel ! elle a quitté ces lieux !...*
    *Roy cruel, Roy parjure....*
*Mais dois-je m'étonner quand tu trompes les Dieux,*
    *Que tu me faffes cette injure ?*

*Je ne la verray plus ! pour jamais fes beaux yeux*
    *Vont loin des miens éclairer d'autres lieux !*

*Que vois-je !.. quel pouvoir dãs les Enfers m'entraîne?*
    *Quelle invifible main m'enchaîne !...*
    *Quel Monftre !... quelle obfcurité!...*
*Quel fpectacle à mes yeux eft icy prefenté !*

                    Au Roy.
    *Tremble, Roy cruel, tremble ;*
    *La Grece contre toy s'affemble...*
*O Ville infortunée ! ô malheureux Remparts !*
    *Les Dieux les reduifent en poudre,*
*Parmi les feux des Grecs j'entens gronder la foudre !*
*L'Effroi, l'horreur, la mort volent de toutes parts !*

    *Au travers des feux & des armes*
    *Je vois tes Palais faccagez !*
    *Quelle nuit !.. quels cris !.. que de larmes !*
*Traitre, les Dieux & moy, nous fommes tous vangez.*
    Il tombe accablé de douleur.

## LE ROY.

*O Dieux, l'inspirez-vous?*

## VENUS.

*J'adouciray leur haine,*
*Venus sera pour toy, cesse de t'allarmer:*
*Helas! de ce Heros je sens toute la peine,*
*Laisse-moy dans ces lieux par mes soins a calmer.*

Le Roy sort.

On entend un bruit de Trompettes.

*Quel prodige nouveau! quel bruit se fait entendre?*
*Mercure vient ici, que me veût-il apprendre?*

## VENUS.

Le Theatre change & represente dans le fond la Porte Triomphale de Rome sur les côtez des Palais. Mercure paroît avec les songes sous la figure de Romains qui celebrent un Triomphe, & qui conduisent les Parthes, les Scythes, les Massagettes enchaînez. Une troupe de jeunes Romaines vient en dançant recevoir les Vainqueurs.

# SCENE DERNIERE.

VENUS, MERCURE, Chœur de Songes fous la figure de Romains. Troupe de fonges fous la figure de Sarmates, de Scythes, de Maffagettes. Troupe de Songes fous la figure de Romaines.

## MERCURE.

L'Amour a flechi le deftin
Banniffez vos frayeurs, ce Heros doit enfin
    Partager vôtre flame
Par l'Ordre de ces Dieux, je vais calmer fon Ame.

          Il touche Anchife de fon Caducée.
        Aux fonges fous la figure de Romains.

Vous qui m'avez fuivi, venez, faites luy voir
De fa pofterité la gloire & le pouvoir.

Prefentons à fes yeux cette Ville puiffante
    Maîtreffe de tout l'Univers,
    Monftrons luy Rome triomphante
    Et les plus grands Rois dans fes fers.

## CHOEUR DES ROMAINS.

Triomphons à jamais sur l'Onde & sur la Terre,
Soumettons, enchaînons les Peuples & les Rois :
    Que dans la Paix, que dans la Guerre,
    Tout aime, tout suive nos Loix.

Les Romains ostent les chaînes aux Sarmattes, qui marquent
  par leurs dances le plaisir qu'ils ont de recevoir la liberté.

## UNE ROMAINE.

    En vain conduits par la Victoire,
    Suivis de la Gloire
    Vous mettez aux fers
    Mille Peuples divers ;

    Guerriers invincibles,
    Guerriers si terribles,
    Il faut à l'Amour
    Ceder à vôtre tour :

    Non non les plus fortes Armes
Ne deffendent pas du pouvoir de ses charmes ;
    Ce Dieu soûmet les cœurs
    Des plus fiers Vainqueurs.

## CHOEUR DES ROMAINS.

Triomphons à jamais fur l'Onde & fur la Terre,
Soumettons, enchaînons les Peuples & les Rois:
   Que dans la Paix, que dans la Guerre
   Tout aime, tout fuive nos Loix.

## VENUS.

Tout m'affûre en ce jour d'un bonheur plein de charmes;
Volez, Zephirs, volez dans ma brillante Cour:
   Et vous fuyez, triftes allarmes,
Que ne peut le deftin, d'accord avec l'Amour?

Les Zephirs defcendent avec un Pavillon & enlevent Anchife.

## Fin du cinquiéme & dernier Acte.

www.ingramcontent.com/pod-product-compliance
Lightning Source LLC
Chambersburg PA
CBHW061645180626
46818CB00003B/967